Reimzeit

Werner Schneyder

Reimzeit

K&S

3. Auflage 1995

ISBN 3-218-00609-0

Gestaltung des Schutzumschlags: Kurt Rendl
Satz: Zehetner Ges. m. b. H., A-2105 Oberrohrbach
Druck: Wiener Verlag, Himberg bei Wien

Gedruckt auf chlorfrei gebleichtem Papier

Inhalt

Lokalzeit

Triffst du die Männer 11
Klassentreffen 12
Stammkneipen 14
Meine Stadt 16
Die Stadt riecht gut 18

Jahreszeit

Lange schon kein Frühlingswind 21
Sommerpause 22
Der blaue Anzug 23
Getrübte Erinnerung 24
Juni 25
Sabotage 26
Gespenstische Nacht 27
Angenehme Gäste 28
Die Tropfen hängen oben 29
Am schönsten sind die grauen Tage 30
Der Wind geht richtig 31
Die Blaskapellen 32
Dichterische Momentaufnahme 33
Kulturidyll 34
Schigebiet im Hochsommer 36
Herbsttag im Juli 37
Lido 38
Sabbiadoro 39

Sommerende 40
Abstand 41
Foto 42
September an der Nordsee 43
Allerheiligen 44

Jetztzeit

Fatalismus 47
Konservativismus 48
Sonntagsgedanken 49
Vor der Wahl 50
Blau ist dieses schöne Land 51
Funktionäre 52
Manager 53
Des Bürgers Alibi 54
Des Bürgers Credo 55
Chefetagen 56
Autobeschimpfung 58
Gebet gegen das Fliegen 60
Lob des Zuges 61
Kulinarische Wiederbegegnung 62
TV-Pornos 63
Aids 64
Bitte um Distanz 66

Auszeit

Wenn eine Stunde 69
Ich fürchte mich 70
Vor der vierten Flasche 71
Kritik der Stille 72
Bibliothek 73

Feuilleton 74
Das Glück der Komödianten 75
Premiere 76
Angeln 77
Meisterschach 78
Tennis 80
Abschied vom Tennis 81
Dörflicher Fußballplatz 82

Lebenszeit

Paradoxes Paar 85
Du hast einst in Bildern gesprochen 86
Ich habe davon gesprochen 87
»In Liebe Deine ...« 88
Verspätete Verführung 89
In diesem Zimmer 90
Das Kind 91
Zwanzig Jahre später 101
Wiener Erbfolge 102

Spielzeit

Cabaret 105
Der Geschenkkoffer 106
Des Spötters Reim 107
Gereimte Vorgänge 108
Wozu noch? 109
Satirikers Lamento 110
Satirikers Elegie 111
Satirikers Testament 112

Erntezeit

Vorsatz 115
Erntezeit 116
Es kommt die Zeit 118
Alternde Freunde 119
Abschiede 120
Auf den toten Freund 122
Nachruf 123
Geschmackloser Friedhof 124
Böses Testament 125
Was ich weiß 126
Grundfragen 127

Lokalzeit

Triffst du die Männer

Triffst du die Männer in deinem Café,
die sich vor Jahren schon trafen,
sag ihnen nicht, deine Hüfte tut weh,
oder: du kannst nicht mehr schlafen.

Sag ihnen nicht, daß dein Rücken schon bald
für deine Spiele zu steif ist.
Sag, daß der Rote, erst vier Jahre alt,
seltsamerweise schon reif ist.

Klassentreffen

Vor vierzig Jahren war's »geschafft«.
Wir tobten ab mit Freudenheulern.
Wir fanden uns ganz fabelhaft
und dampften aus den offnen Mäulern.

Dann hatten wir uns bald verlaufen.
In Ämter. Studien. Kontinente.
Nur Nostalgie war dieser Haufen.
Die Jugendzeit ging in die Rente.

Da sitzen wir jetzt. Runder. Grauer.
Und fragen, wer denn was zum Wein sagt.
Und übern Rücken läuft der Schauer,
wenn einer etwas von Latein sagt.

Es gibt Karriern und Existenzen.
Man hat Verschiedenes erfahren.
Doch alle Augen können glänzen,
wenn wir erzählen, wie wir waren.

Ein phantasievolles Gesindel.
Gefährdet, aber nicht verkommen.
Experten in subtilem Schwindel.
Politisch schon vorweggenommen.

Ein Treffen alter Klassen wäre
ganz schrecklich, hörte man oft sagen.
Ich will ja auch die Rassenlehre
des Dr. X nicht unterschlagen.

Nur heut, auf dieser Seeterrasse
sage ich laut – am Gang zum Pissen:
Wir war'n als Klasse einfach klasse!
Das soll die Welt ruhig einmal wissen.

Stammkneipen

1.

Das Publikum sieht nach Boheme aus,
was es auch teilweise ist.
Wem fad ist, der packt sein Problem aus,
bespricht es, besäuft sich, vergißt.

Der Wein ist zwar dünn, aber trocken,
viel nässer dagegen das Bier.
Der Wirt teils im Öl, teils beim Zocken.
Und ständig verstimmt das Klavier.

Man kann höchstens stundenlang bleiben,
dann hat man es endgültig satt.
Man sollte sich längst schon entleiben.
Was findet hier eigentlich statt?

Wer irgendwie noch normal ist,
verläßt diesen Laden sofort.
Weil der ja gar kein Lokal ist,
sondern – jetzt fehlt mir das Wort.

Man geht seine nächtlichen Gänge,
bis diese Frage sich klärt:
Woher diese magischen Zwänge,
auf Grund deren man wo verkehrt?

2.

Der Wirt ist nicht sehr erfreulich,
der offene Wein ziemlich mies.
Die Architektur ist abscheulich.
Stilistisch in Richtung Verlies.

Die Gäste? Vom Schicksal Betroffne,
Das Essen? Es stinkt nach Friteuse.
Das Bier ist o. k. Nur der Offne,
sei's weiß oder rot: skandalös.

Der Kellner 'ne tuntige Tante.
Das schlimmste ist aber die Luft.
Wer dieses Lokal jemals kannte,
der nannte es kennerhaft »Gruft«.

Sie fragen: Warum dort verkehren?
Das hat bei uns nicht sehr viel Sinn.
Wir können die Sache nicht klären.
Wir sitzen ja Tag und Nacht drin.

Meine Stadt

Ich bin mit Freunden hergefahren
in diese Stadt, in der ich Kind war.
Man zittert. Stimmt nach all den Jahren
ein Urteil, das vor Liebe blind war?
Ich will nur schauen und nicht schürfen,
ich will nur schlendern und nicht bleiben.
Nur wieder mal so schmecken dürfen
und ein paar Zeilen drüber schreiben.

Es ist so vieles nicht beim alten.
Du hast die Freundlichkeit behalten.

Ich komm' mir vor wie ein Vertreter,
ich möchte ein Gefühl verkaufen.
Ein paar erkennen mich! Da geht er!
Nein, ich hab' keine Zeit zu saufen.
Im Bistro sitzen die Genialen.
Und im Theater gibt's drei Sparten.
Nein, laßt das Essen mich bezahlen.
Sehr gut war's nicht. Nur schön der Garten.

Es ist so vieles nicht beim alten.
Du hast die Freundlichkeit behalten.

Im Bierhaus, wo wir tarockierten,
um Mathematik zu vermeiden,
ist alles gut. Denn sie bewirten
die Neuen, die an Grippe leiden.
Jaja, ich weiß, es gibt Proteste
gegen ganz blöde, neue Straßen.
Entschuldigung, wir sind kurz Gäste,
Du mußt mir den Protest erlassen.

Es ist so vieles nicht beim alten.
Du hast die Freundlichkeit behalten.

Die Stadt riecht gut

Die Stadt riecht gut. Auch der Asphalt
riecht besser als in andern Städten.
Das Pflaster ist viel schöner alt
und einfach lustvoller zu treten.

Wie gut die Wurst auf diesem Markt ist!
Die Welt weiß nichts von solchen Würsten.
Ein Glück, das nahe dem Infarkt ist,
läßt mich nach einem Roten dürsten.

Das Mädchen, das das Weinglas abstellt,
steigert die Stimmung ins Abstruse.
Es schimmert, weil den Blick nichts abhält,
das Wunder Jugend durch die Bluse.

Jahreszeit

Lange schon kein Frühlingswind

Lange schon kein Frühlingswind
so verspielt um beide Ohren.
Heute bleibt der Spiegel blind.
Nie war ich so alt geboren.

Lange schon kein Straßenbild
so vergnügt für meine Skizze.
Heute wird mein Spiel gespielt.
Nie erfand ich schlechte Witze.

Lange schon kein Selbstbetrug
so perfekt und schön gelungen.
Heut nenn' ich die Dummheit klug.
Nie noch hab' ich falsch gesungen.

Sommerpause

Der Bühnenanzug in der Reinigung,
der Schweiß vergessen in den Garderoben.
Nicht so viel Angst vor einer Steinigung
und kein Bedarf an exzessivem Loben
nach dem Applause.
Sommerpause.

Noch Schamgefühl. Ein Rest von Peinlichkeit.
Man war doch manchmal widerlich am Schmieren.
Ab jetzt nie mehr? Die Unwahrscheinlichkeit
ist mit sehr klar. Komm, wir probieren
den Speck zur Jause.
Sommerpause.

Das sind jetzt andre Interessen:
zunächst die Impfung gegen Zecken!
Herr K., ich habe nicht vergessen
zu bitten, mich am Arsch zu lecken.
Ab jetzt zu Hause.
Sommerpause.

Der blaue Anzug

Nein, trag den Anzug zu der Sammelstelle,
die brauchen auch mal was für einen Langen.
Er ist jetzt lang genug herumgehangen.
In diesem Blau.

Vielleicht besucht ein Jugo damit Bälle?
Zeitlos der Schnitt bei allen meinen Hosen.
Man tanzt auf der Redoute der Arbeitslosen
ganz gern in Blau.

Mich stört seit Jahren was in meinem Kasten.
Es ist wie neu und auch spezialgereinigt.
Es war erfolgreich. Was mich aber peinigt,
das ist das Blau.

Man muß seine Erinnerung entlasten.
Es sollen alle ruhig »Wohltat« nennen.
Ich muß mich von dem blauen Anzug trennen.
Er war zu blau.

Getrübte Erinnerung

Ich habe ein Jahr lang geredet.
Gesagt. Ja, ich glaube, das auch.
Der Montepulciano
im Corpore sano
bedient einen bräunlichen Bauch.

Ich rülpse gelegentlich Sätze.
Das war doch mein Repertoire?
Ich weiß nicht, was wahr ist,
der Pinot noir ist
bei Hitze ein Hund. Das ist wahr.

War denn das alles nur Schwachsinn?
Wie gut, daß ich's heute nicht weiß.
Mir schmeckt auf die Dauer
ja doch nur Wachauer.
Ich weiß nichts. Und es ist so heiß.

Juni

Vorm Fenster nervöse Hornissen.
Im Juni immer noch Schnee.
Ich habe kein gutes Gewissen.
Und viel zu kalt ist der See.

Vom Kirschbaum sind Äste gebrochen.
Der Sturm hat ihn ganz schön geschlaucht.
Ich habe mich zu früh verkrochen.
Man hätte mich doch noch gebraucht.

Der Rasen wär' längst schon zu mähen.
Der Kurort ist elend gebucht.
Ich kann mich jetzt nicht mehr verstehen.
Ich habe das Nahe gesucht.

Sabotage

Das Wetter wäscht dem Tennisplatz den Sand weg.
Der Trainer ist, wenn's regnet, eine Spottfigur.
Der Wind bläst unsrer Obstfrau fast den Stand weg.
Am Strand schwappt träg und blöd das Boot der
Überfuhr.

Die Wirte jammern täglich um die Wette.
Wo doch das letzte Jahr so ein Rekordjahr war.
Was waren das für goldne Zeiten. Fette
Kredite gab's zum Renoviern der Fischer-Bar.

Und heuer kommt die Hitze – wenn – verspätet.
Selbst Kirchengänger sind nicht frei von Flucherein.
Ich heb' nicht ab. Ich lass' nicht gern Besuch herein.
Denn ich, ich hab' das Wetter hergebetet.

Gespenstische Nacht

Im Unterholz das mysteriöse Knacken.
Vom schwarzen Wasser schauerlich ein Platsch.
Da sitzt die alte Kinderangst im Nacken.
Was nützt das Aufgeklärtsein? Alles Quatsch.

Das rote Licht von drüben durch den Nebel
ist sicher das der Disco. Doch wer weiß?
Der Teufel sitzt schon lang am längern Hebel.
Warum hat man, wenn's heiß wird, kalten Schweiß?

Es trägt der Wind das Stampfen dumpfer Bässe.
Wenn's aber Pochen ist? An meiner Tür?
Woher hat dieser Drecksack die Adresse?
Ich mach' die Augen zu. Ich bin nicht hier.

Angenehme Gäste

Die Tage mit den Gästen waren angenehm.
Wir haben uns, wie man so sagt, verstanden.
Und gut, daß sie Gewitter lustig fanden.
So war das Wetter weiter kein Problem.

Wir blieben in den Nächten lange wach,
doch nicht zu wach, um nicht auch zu ermüden.
Und wir erwachten nicht zu unzufrieden.
Wir lagen, aber dachten nicht zu flach.

Sie sind gefahren, weil man einmal fährt.
Sie hinterließen nichts, die netten Gäste.
Kein großes Loch, noch irgendwelche Reste.
Und das ist immerhin schon sehr viel wert.

Die Tropfen hängen oben

Die Tropfen hängen oben.
Es sollte längst schon schütten.
Hageln auf Badehütten.
Der See sollte schon toben.

Es röcheln grüne Lungen.
Blitze und Donner lauern.
Es gnade Gott den Bauern
und den Versicherungen.

Ein fernes, blödes Grollen.
Gebirgiges Gepolter.
Die Tropfen werden Folter,
wenn sie nicht fallen wollen.

Am schönsten sind die grauen Tage

Am schönsten sind die grauen Tage.
Die Blätter atmen richtig auf.
Man steigt des Morgens auf die Waage
und sagt: Na gut, dann scheiß' ich drauf.

Dann kommt der leichte, kühle Rote.
Das Interview mit Gott & Co.
Welches Gebot hat welche Quote
an Mißerfolgen. Und wieso?

Ein Prost der allgemeinen Lage.
Ein blauer Himmel wäre dumm.
Am schönsten sind die grauen Tage.
Ich trinke. Also ergo sum.

Der Wind geht richtig

Der Wind geht richtig.
So einfach ist das.
Sie sagen einfach:
Der Wind geht richtig.
Denk doch nicht nach!
Es ist alles nichtig.
Sie sagen deutlich:
Der Wind geht richtig.
Fährst du dann fort,
dann bist du süchtig
nach einem Satz wie:
Der Wind geht richtig.

Die Blaskapellen

Die Blaskapellen
schwingen im viel zu schnellen
Windstoß weiter.
Das klingt dann heiter.
Die Töne schieben
sich nach Belieben
in etwas andre Phrasen
als geblasen,
um in anderen Frequenzen
zu glänzen.
Welch ein Malheur,
wär' jetzt ein Gehör!

Dichterische Momentaufnahme

Nur eine Autostunde von hier
Dichter, die tagen.
Bin leider schon beim sechsten Bier.
Hab' keinen Wagen.

Die Frau ist – Gott sei Dank! – auf dem Markt.
Morgen gibt's Ente.
Hoffentlich hat sie nicht falsch geparkt.
Fehlt mir zur Rente.

Scheiße! Rechts von mir weißes Papier,
links Unterlagen.
Und nur eine Autostunde von hier
Dichter, die tagen.

Kulturidyll

Dem Stall fehlt jede Vernissage.
Dem Teich das große Seeballett.
Es grenzt schon an Kulturblamage:
kein Mensch hier von der FAZ.

Es gibt noch nicht einmal ein Center.
Auch kein Round table, Open house.
Was macht der Bürgermeister? Pennt er?
Das ist Provinz! Das lacht man aus!

Kein Förderpreis. Nichts wird verliehen.
Dem Nachwuchs fehlt es selbst an Zelten.
Experten müssen weiterziehen.
Sie müßten ihr Menü entgelten.

Man kann nicht mal alternativ sein.
Man fragt sich ratlos: Ja, wozu?
Kein Out-Sein und kein Exklusiv-Sein.
Es ist nichts los. Nichts. Stille. Ruh.

Doch. In dem Kursaal sangen fette
Provinzsolisten für die Alten
zum Flügel »Traum der Operette«.
Man sagt, man hat sich unterhalten.

Am Abendhimmel ziehen schwere
Gewitterwolken über mir.
Ganz sicher hat wo was Premiere.
Was mich von innen her erwärmt: nicht hier.

Schigebiet
im Hochsommer

Glattgebügelt sind die Hänge.
Lifte leiden unter Hitze.
Auf den Trassen bis zur Spitze
knochig sinnloses Gestänge.

Unten lauern alle Ställe.
Nicht auf Kühe. Nein, auf Schier.
»Pferdestall« heißt: kein Gewieher
bis zum Sound der Disco-Bälle.

Trachtenburgen, Zimmersilos.
Hütten, wo es Tiefkühlreh gibt.
Wüstensiedlung, bis es Schnee gibt.
Leben geht erst mit dem Schi los.

Doch der Sommer dauert, dauert.
Ein Gewitter wird zu Bächen
und poliert die braunen Flächen.
Weil im Kar Erlösung lauert.

Herbsttag
im Juli

Herbsttag im Juli
da wird es komisch
auf einmal ist alles
vorweggenommen

Herbsttag im Juli
die Hitze fröstelt
da ist etwas Fremdes
dazugekommen

Herbsttag im Juli
merkt es denn keiner?
Das Licht hat Fieber
Seelenrinnen

Herbsttag im Juli
hör auf zu zittern!
Komm, liegen wir lieber
weiterspinnen

Lido

Dein Salz in den Genen.
Dein Sand in den Zähnen.
Bei Ebbe das Kicken.
Vor Sehnsucht ersticken.
Wie hungernde Tiere
beim Zählen der Lire.
Das Glück nicht ertragend
auf Wellen einschlagend.

Auf Dünen das Flirren.
Erotische Wirren.
Mangiare i pesce.
Der Griff an die Wäsche.
Der Schlager »Volare«.
Der Duft ihrer Haare.
Der Traum ist versandet.
Nur Brühe, die strandet.

Die Meeresidylle
von Quallen in Gülle.
Ein Tritt auf die Molen,
verätzt sind die Sohlen.
Am reizvollen Eiland
Fäkalien aus Mailand.
Dort, wo wir einst trampten,
Nudisten aus Kempten.

Sabbiadoro

Das gab's damals nicht: oben ohne.
Ich glaube, das Meer roch nach Meer.
Wir liebten die bassa stagione.
Der Teer schwamm sehr selten daher.

Wir sagten so gerne »allora«.
Wir sagten so gerne »un po'«.
»Wann hält die Zeit? A che ora?
Wo ist die Welt?« »Non lo so«.

Zerpißt und zerstunken das Ganze.
Niente da fare. Die Zeit!
Mich graut vor dem Worte »vacanze«.
Ich schwör's: Der Novemberwind speit.

Sommerende

Die Nase wird schon wieder blässer.
Die vierte Haut wird sich nicht schälen.
Das blonde Haar kommt unters Messer.
Das Sommerspiegelbild wird fehlen.

Der wilde Wein zeigt seine Röte
und schlingt sich um noch grüne Äste.
Ich reime Goethe oder Kröte
und dann das Wort der Worte: Reste.

Es grölen die Betriebsausflüge
betrunken von gebuchten Schiffen.
Was bleibt vom Sommer? Eine Rüge:
Du hast schon wieder nichts begriffen.

Abstand

Was sollen diese Rauchsignale?
Haben die Fürsten was beschlossen?
Das Echo von Salutgeschossen
verrollt ins Exterritoriale.
Ebbe im Hirn. Im Rotwein Flut.
Und mit dem Abstand wächst die Wut.

Man hört von diesen Scheißfiguren
wie Zeichen aus entlegnen Welten.
Und weiß doch: All die Dinge gelten
doch auch für dich. Es führen Spuren
von dir dorthin, wo sich was tut.
Und mit dem Abstand wächst die Wut.

Dort, wo sie noch nach Süden stinken,
geht's bald retour auf den Planeten
zu seinen großen, dicken Städten,
in denen wir im Herbst versinken.
Ich komme ziemlich ausgeruht.
Und mit dem Abstand wuchs die Wut.

Foto

Das Wasser blau und bleiern.
Und grün, gelb, rot der Wald,
verhängt von feinsten Schleiern.
Die Sonne blaß und kalt.

Das Ganze fünf × zehn groß,
mit Glanz und ohne Rand.
Du kannst das Wunder sehn. Bloß
als Foto. In der Hand.

Man hält sich schon beim Gehen
ans Bild, das man besaß,
um traurig durchzudrehen,
weil man es nicht vergaß.

September an der Nordsee

Grauer Himmel, graue Welle,
tote Bojen, Federbälle.
Nachsaison der Menschheit.

Campingreste, Sandruinen,
Gänsehäute, Windkabinen.
Mensch, tut mir der Mensch leid.

Nein, Herr Wirt, mir keinen Klaren.
Warum bin ich hergefahren?
Ist es denn zu fassen?

Sei beweint, mein See in Kärnten.
Alle reisen, die nichts lernten.
Gott hat mich verlassen.

Allerheiligen

Sie legen Blumen auf die Gräber
und sie entzünden Grabeslichter.
Ich aber kose meine Leber
und trinke auf die toten Dichter.

Ich weiß, man soll die Ahnen ehren
und ihres Daseins fromm gedenken.
Ob die sich um die Andacht scheren?
Nein, ich will mir den Friedhof schenken

und dieses ganze Heilige.
Wenn Sonnenstrahlen Herbst erhellen
kommt's, daß ich mich beteilige
am späten Spiel mit Tennisbällen.

Jetztzeit

Fatalismus

Es sagen Leitfiguren
und deren Pressehuren,
es wäre noch nichts hin.

Wir lassen uns von Strichern
bei Tag und Nacht versichern,
wir hätten Garantien.

Wenn wir Vertrauen hätten,
wär' alles noch zu retten,
dann wär's noch nicht zu spät.

Du brauchst nur recht zu geben
und möglichst rasch zu leben,
damit's dir herrlich geht.

Konservativismus

Ich hab's gern, wenn etwas was wert ist,
bewährt und geklärt und verehrt ist.
Ich bin eher konservativ.

Ich sag' sehr gern: Entweder – oder!
Und: Das ist antik und das Moder.
Ich bin ziemlich konservativ.

Für mich ist kein Herr, wer den Sir spielt,
den Sir in jedweder Couleur spielt.
Da bin ich sehr konservativ.

Ich freue mich, wenn einer Schlips trägt.
Doch wenn er im Hirn nur mehr Chips trägt,
da bin ich ganz konservativ.

Schon wichtig, wie gut die Bilanz ist.
Doch nur, wenn die Erde noch ganz ist.
Auch da bin ich konservativ.

Verachtet sein von Kindeskindern?!
Ich würde das gerne verhindern.
Ich bin eben konservativ.

Sonntagsgedanken

Nicht lieb' ich Dom und Kathedrale,
die religiöse Prunkgebärde.
Und hör' ich was vom Abendmahle,
dann denk' ich, was ich essen werde.

Ganz schrecklich sind die Kirchenglocken.
Zwar gibt's die nicht bei den Moscheen,
doch weder kann ich Männersocken
noch Teppiche in Massen sehn.

Ich lieb' auch nicht die Synagogen.
Wozu mein Lockenhaar verstecken?
Ich kenne keinen Gott da oben,
vor dem sich's lohnt, sich zu bedecken.

PS: Ich will damit nicht sagen,
ich sei des Glaubens völlig ledig.
Es kann schon sein, an manchen Tagen,
daß ich mir denk': Herr, sei mir gnädig!

Vor der Wahl

Wie widerlich banal sind,
wie ranzig und wie schal sind
die Phrasen an der Wand.

Sie wollen mir empfehlen,
gerade sie zu wählen.
Das brächte was dem Land.

Ich mach' auf alle Fälle
mein Kreuz in dieser Zelle.
Ich ahn' auch schon, wohin.

Und dann, beim »Kleinen Braunen«,
kann ich nur wieder staunen,
welch ein Idiot ich bin.

Blau ist dieses schöne Land

Blau ist dieses schöne Land.
Die Besoffnen jodeln, johlen.
Überall kotzt man Parolen
und verkündet Widerstand.

Pausenlos sind sie erregbar
und bestrebt, was einzutrichtern.
Sind die Mauler nicht mehr nüchtern,
sind sie nicht mehr widerlegbar.

Sind sie – wie man sagt – »betroffen«,
badend im Gefühlsgedusel,
gibt das Räusche wie von Fusel
und dann lallen sie besoffen.

Funktionäre

Sie machen in politischen Geschäften.
Im Wahlkampf schlagen sie sich stets nach Kräften.
Sie kommen oft auch in die Tagesschau.

Sie haben sich und sind daher verpflichtet,
den Blick stets auf das Nötige gerichtet.
Und bumsen eine stets gebräunte Frau.

Sie denken an die Wähler in Prozenten
und sprechen über Anpassung von Renten.
Sie halten alle Warner für verwirrt.

Sie kennen ihrer Konkurrenten Schwächen
und können ziemlich flüssig drüber sprechen.
Und sind nie panisch, wenn nichts funktioniert.

Manager

Sie pflegen die Kontakte.
Erzählen was von Quoten.
Begießen die Kontrakte
nach ihren Angeboten.

Sie schließen die Verträge.
Sie sprechen Idiome.
Sie sammeln die Belege.
Auch die für die Kondome.

Sie wählen die Krawatte.
Und hoffen auf Kartelle.
Gewähren auch Rabatte.
Und hülln sich in Flanelle.

Wenn's auch nicht immer wool ist,
dann ist es Polyester.
Und wenn ein Typ nicht cool ist,
dann ist es ein Gestreßter.

Des Bürgers Alibi

Der Bürger hat ein Alibi:
Es mangelt ihm an Phantasie.
Denn würde er *das* kommen sehn,
dann müßte rasch etwas geschehn!
So aber wird das Wahlergebnis
zum nie begriffnen Schockerlebnis.

Der Bürger ist stets konsterniert:
»Wer ahnt, daß so etwas passiert?!«
Jetzt heißt es, klaren Kopf behalten.
Es gilt, die Zukunft zu gestalten.
Wenn auch nicht sehr viel Chancen bleiben,
man darf Kritik nie übertreiben.

Der Bürger wird stets überrollt.
Das hat er wirklich nie gewollt!
Natürlich, gleich so viel Mandate! ...
Jetzt heißt es, wachsam sein im Staate.
Doch er bewundert ganz im stillen
das Volk für seinen starken Willen.

Des Bürgers Credo

Man kann sich empören.
Man kann diskutieren.
Nicht darf man riskieren,
den Geschäftsgang zu stören.

Man kann sich erregen.
Man kann heimlich fluchen.
Man muß nur versuchen,
nicht zu fest sich zu legen.

Man kann den Kopf schütteln.
Und doch seine Pflicht tun.
Nur eins darf man nicht tun:
an den Tatsachen rütteln.

Chefetagen

Ich bin ein großer Mann.
Doch mickrig, hilflos klein
vor diesen Chefetagen.
Ich sprech' die Themen an.
Doch läßt mich keiner rein
in diese Chefetagen.
Ich bin ein Mann, der sieht,
was Schreckliches geschieht
auf Grund der Chefetagen.
Doch hab' ich kein Entree.
Mich läßt doch kein Portier
je in die Chefetagen.

Ich steh' am Straßenrand
und starre nackensteif
nach diesen Chefetagen.
Was ich an Worten fand,
das machte mich nie reif
für diese Chefetagen.
Sie lassen mich nicht ein.
So hoch trifft auch kein Stein,
bis zu den Chefetagen.
Doch gehn sie abends aus,
bekomm' auch ich Applaus
von Herren der Chefetagen.

Es knistert im System.
Bald sind die andern dran.
Schuld sind die Chefetagen.
Das wird nicht angenehm,
denn Köpfe rollen dann
auch aus den Chefetagen.
Nicht nur den Linken wird
die Fresse dann poliert,
auch Herrn der Chefetagen.
Dann hab'n wir was gemein,
ich und das dümmste Schwein
aus diesen Chefetagen.

Autobeschimpfung

1.

Die Autos stinken und sind furchtbar häßlich.
Daß sie zumeist nur stehn, ist unerläßlich.
Indem sie sich zu Blechlawinen stauen,
versauen sie die Städte. Welch ein Grauen!

Die Autos fressen sinnlos Energien,
weil die Motoren Blechgewichte ziehen.
Der Schaden für die Welt ist nicht mehr meßbar.
Regierungen sind von Volants erpreßbar.

Die Autos sind die Dinos unsrer Zonen.
Der ärgste Irrweg der Evolutionen.
Denk' ich an diese blöden, miesen Kübel
bekomm' ich Pickel, und dann wird mir übel.

2.

Ich lass' mich nicht auf Landstraßen ermorden.
Am Nebensitz zum Nervenwrack geworden.
Ich weiß, daß sie nach meinem Leben trachten.
Ich lass' mich nicht von Kühlergrillen schlachten.

Das schlimmste sind die Automobilisten.
Sie würden sich erhängen, wenn sie's wüßten.
Den Platz für fünf beansprucht ein Insasse.
Unsagbar, wie sehr ich die Typen hasse.

Wie wünsche ich mir die PS-Visagen
in Schlingen hängend in den Parkgaragen.
Wie kann der Mensch sich so prostituieren?
Auf Autopolstersitzen koitieren?

Gebet gegen das Fliegen

Du Herr und Gott! Laß endlich nichts mehr fliegen!
Nicht wegen Streiks und Pannen. Einfach so.
Es sind die Dinger nicht mehr hochzukriegen.
Du änderst die Physik. Ich wär' so froh.

Der Himmel ist für dieses Volk zu schade.
Mach über Nacht die Schwerkraft viel zu schwer.
Und – weis der Männerwelt die Wanderpfade.
Wie blau der Himmel plötzlich wieder wär'.

Verfrachte dieses Pack in Pferdewagen.
Durchrüttle ihnen Hirn und auch den Steiß.
Vielleicht wär' dann die Welt noch zu ertragen.
Laß nichts mehr fliegen, Herr! Dir Lob und Preis.

Lob des Zuges

Im Zug kann man sich in die Pölster schmiegen.
Kann lesen, lernen oder nichts wie liegen.
Zwei Flaschen Roten kann man langsam schlucken.
In Zeitungen und aus dem Fenster gucken.

Im Zug kann man die Herbstgedichte dichten
und alle andern Notdürfte verrichten.
Kann Dialoge führen mit Exoten.
Studiern Konversationen von Idioten.

Im Zug kann man mit schönen Witwen flirten.
Und für den Fall, daß sie sich nicht empörten,
dann kann die Reise sich berauschend lohnen.
Man ändert einfach seine Zielstationen.

Kulinarische Wiederbegegnung

Da stand der alte »Gasthof Post«
als ich hier auf Tournee war.
Ich aß ein rosa Lamm vom Rost.
Wenn's nicht ein Rehfilet war.

Das Haus, das gibt's. Den Gasthof nicht.
Man ißt hier auf die Schnelle
den Hackfleischfraß. Bis man erbricht,
im Sinn der Freßbordelle.

Die strenge Altstadtkommission,
die rettete gerade
noch diesen grünen Postillon
auf blauer Hausfassade.

Der Hauptplatzbrunnen spielt im Licht.
Besoffne Penner lungern.
Nein, euren Big Dreck ess' ich nicht.
Ich werd' schon nicht verhungern.

TV-Pornos

Im Fernsehn gibt es Ficken.
Im Fernsehn gibt es Zoten.
Man muß den Trieb beglücken.
Es geht um Einschaltquoten.

Im Fernsehen gibt es Schlecken,
damit sich Seher weiden.
Man ahnt nur das Beflecken.
Im Off sind Schwanz und Scheiden.

Sie lassen doch nur fummeln
den Medienmarkt zu regeln.
Da darf man schon mal schummeln.
Drum lassen Christen vögeln.

Aids

Wozu noch Bomben? Wozu Raketen?
Sie sind nur mehr dämlich,
sie sind nämlich
nicht vonnöten.

Wer braucht denn Waffen, um uns zu killen?
Wir machen das sehnend,
leise stöhnend,
ganz im stillen.

Will sich die Menschheit jetzt reduzieren,
muß sie nur – womöglich
dreimal täglich –
koitieren.

Wozu noch Hunger und Krieg hienieden?
Ejakulationen
von Millionen
schaffen Frieden.

Wozu Chemiegift in allen Flüssen?
Wir sind sexueller
doch viel schneller
und genießen!

Und Pestizide in dem Getreide?
Komm, wir verstecken
uns und schmecken
nur uns beide!

Laßt doch den Smog ruhig die Welt versauen.
Bevor wir ersticken
wolln wir feiern.
Voll Vertrauen.

Laßt doch die Autos ruhig weiter rasen.
Wir haben ja noch
das letzte Loch
um draus zu blasen.

Bitte um Distanz

Ich finde Ihre Platten unerträglich.
Doch bin ich ja für Toleranz bekannt.
Ich finde, was Sie fressen, ganz unsäglich.
Doch wenn ich Gast bin, bin ich stets charmant.
Ich finde auch Ihr Outfit eher ätzend,
nur geht mich ja Ihr Aussehn gar nichts an.
Sie sind zwar insgesamt geschmacksverletzend,
was aber das Gespräch nicht stören kann.

Ich finde Ihre Meinungen verwerflich.
Doch bin ich überzeugter Demokrat.
Ihr Selbstvertrauen strapaziert mich nervlich.
Doch denk' ich: Gut für ihn, daß er es hat.
Sie sind politisch gar nicht unverdächtig,
doch intressiert's mich, den Verdacht zu klär'n.
Die Neugier, die mich treibt, ist übermächtig.
Wer wär'n Sie, wenn Sie einmal oben wär'n?

Doch bitt' ich Sie, nicht du zu mir zu sagen.
Ich find' das lästig. Bleiben wir beim Sie.
Ich kann gemimte Freundschaft nicht ertragen.
Und Brüder sein im Geiste wer'n wir nie.
Ein Freund, der sollte ziemlich nah beim Hemd sein.
Das sind Sie nicht. Ich wüßte nicht, wozu?
Ich schlage vor, wir lassen es beim Fremdsein.
Ich sage schon zu viel zu vielen du.

Auszeit

Wenn eine Stunde

Wenn eine Stunde leer ist
nur Uhrzeit und nichts mehr ist
dann sind die Wände nah

Dann helfen keine Liter
dann werden Fenster Gitter
Dann stehn die Spötter da

Und höhnen: Du Idiot, du
du bist doch längst schon tot, du!
Merkst du's noch immer nicht

Wenn eine Stunde leer ist
und alles schon lang her ist
dann schreibt man ein Gedicht

Ich fürchte mich

Ich fürchte mich. Aber wovor denn bloß?
Ich mag mich nicht, wenn alles leise zittert.
Mich macht der Zustand reizbar und verbittert.
Da ist was los! Da ist mit mir was los!

Ist es denn Furcht? Ich weiß es nicht genau.
Ich blättre im Register der Koyoten
und finde keine, die mir wirklich drohten.
Warum ist mir im Magen derart flau?

Wenn du an nicht vorhandner Krankheit krankst,
dann kannst du dich verspotten, doch nicht wehren.
Ich kann die Sache mir nur so erklären:
Ich fürcht' mich offensichtlich vor der Angst.

Vor der vierten Flasche

Das ist die dritte Flasche.
Ich muß sie ja nicht leeren.
Nur, jetzt schon aufzuhören
ist irgendwie nicht drin.

Es ist die dritte Flasche.
Wenn ich das Etikett seh',
weiß ich, daß ich kein Bett seh',
bis ich besoffen bin.

Nun ja, die dritte Flasche.
Ab morgen geht die Kunst los,
dann bin ich blauen Dunst los
und weinmäßig immun.

Das war die dritte Flasche.
Ich will mich ja nicht quälen
und alle Flaschen zählen.
Nur, was sonst soll ich tun?

Kritik der Stille

Ich weiß, es gibt das »Lob der Stille«.
Doch (wie bei diesen Bühnenpausen)
hat eine Pause keine Fülle,
dann tut sie weh. Wie Ohrensausen.

Die Stille schmerzt. Sie will nicht schwingen.
Nur gut, daß mein Piano dasteht.
Ich weiß, wie die Akkorde klingen.
Und drücke. Nichts. Totales tacet.

Bevor ich noch die Luft zerreiße,
tret' ich die Scheiben einzeln ein.
Es muß doch – gottverdammte Scheiße! –
hier endlich einer Scheiße schrein.

Bibliothek

Die Bücher haben Rücken.
Ich kann sie streifend sehn
und mich dann wieder drücken.
Sie bleiben ja noch stehn.

Wer heute das Genie war,
ist morgen Exemplar,
belegend, daß er's nie war.
So geht das Jahr für Jahr.

Die Bände neben Bänden,
das ist genug Bericht.
Man kann ja was verwenden.
Nur lesen muß man nicht.

Feuilleton

Sie sagen, der Roman des Dichters wäre
zwar heutig, aber dennoch antiquiert.
Sie sagen, in der Oper die Premiere
verriete schon die schleichende Misere.
Zumal der Dirigent schlecht dirigiert.

Sie sagen, es fehlt Geld für die Museen.
Und ein ganz neues hätte Dringlichkeit.
Es müsse für die Kunst viel mehr geschehen.
Wie soll man sonst die Existenz bestehen
in dieser Welt der kalten Dinglichkeit.

Sie haben immer wieder was zu sagen
und sind so sicht-, so hörbar echauffiert.
Wie Boxer, die fast nur ins Leere schlagen.
Wie Kicker, die vorm Tor total versagen.
(Was mich im Grunde eher intressiert.)

Das Glück der Komödianten

Das ist das Glück der Komödianten.
Sie haben täglich ihren Spiegel,
holen sich Farbe aus dem Tiegel
und schminken der Visage Kanten.

Das ist das Glück der Komödianten.
Sie weinen über schlechte Presse,
und sie notieren die Adresse
des Mädchens, dessen Schenkel brannten.

Das ist das Glück der Komödianten.
Sie glauben, daß die Bühne Welt ist
und daß ihr Sperrsitz schon bestellt ist
im Himmel aller Ignoranten.

Premiere

Die Welt hat sich verschoben.
Gott wohnt in Garderoben.
Das All heißt Bühnenlicht.

Wozu noch bei Verstand sein?
Jetzt muß man Komödiant sein.
Das Hirn macht ein Gesicht.

Der Seele tiefster Vorgang
heißt schlicht und einfach »Vorhang«.
War's Lachen? War es Schrei?

Durch fernes Gratulieren
beginnt man dann zu spüren:
Die Welt ist jetzt vorbei.

Angeln

Und wenn ein Fisch beißt, werde ich erschrecken.
Ich sitz' geröstet außerhalb der Uhr.
Bis auf »den Schweiß von meinen Lippen schlecken«
bin ich so ruhig wie meine Angelschnur.

Aus einer Tiefe kommen manchmal Szenen.
Vom See zu mir oder von mir zum See?
Nichts ist nicht wackelnd, um sich dranzulehnen.
Und ich vergess' im Sitzen, wo ich steh'.

Versacken, träumen und dann nicht mehr wissen,
wie dieser Freund und dieser Todfeind heißt.
Was in mir Trottel sehnt sich noch nach Bissen
und ist verzweifelt, wenn die Schnur zerreißt?

Meisterschach

32 kühle Steine.
In der Zeitung das Notierte,
wie der B den S ruinierte.
Rasche erste Züge.

Warum Turm e 1? Ich meine,
wär' die Linie einmal offen,
könnte Weiß nur was erhoffen,
wenn der Bauer schlüge.

Rätselhaft. Warum der Einbruch?
Mir im Hirn fällt eine Klappe.
Pantomime, nur Attrappe
bin ich vor dem Schach hier.

Blöd zu sein ist noch kein Beinbruch,
sage ich mir ganz belämmert,
während überhaupt nichts dämmert.
Schwarz steht eher schwach hier.

Warum hat Weiß aufgegeben?
Bitte, wenn der Meister groß ist,
muß er wissen, was hier los ist.
Das war Damenindisch.

Wieder aufstelln. Wie im Leben.
Der Verdacht, der 12. Zug war
der, der nicht unendlich klug war!?
Müßig. Aber kindisch.

Tennis

Mein Service geht nicht. Ich zerrinne.
Im fünften Satz ginge ich ex.
Ich kann nicht mehr. Doch ich gewinne.
Super am Netz der Reflex.

Er ist einfach besser. Und jünger.
Und irrsinnig tief kommt der Slice.
Die Smashes sind ganz schöne Dinger.
Herrgott, spiele ich einen Scheiß!

Die Grundlinie flirrt. Ich verrecke.
Warum geb' ich nicht einfach auf?
Der Cross paßt haarscharf in die Ecke.
Und wunderschön gegen den Lauf.

Er schüttelt den Kopf. Er versteht nicht,
warum er schon wieder verliert.
Er müßte mich schlagen. Jetzt geht's nicht.
Jetzt kommt er. Schon wieder passiert.

Jetzt dreht er gleich durch. Und schon knallt er
ins Out. Noch ein Game bis zum Bier.
Ich schlage nicht ihn. Nur sein Alter.
Und den, der schon alt ist, in mir.

Abschied vom Tennis

Man dankt, Herr Doktor, sehr für den Bescheid.
Und was der aussagt, war ja schon zu spüren.
Ums Racket, das mein Freund kriegt, tut's mir leid.
Na ja, der wenigstens kann gut und hart servieren.

Ich war wohl immer schwer für meine Knochen,
und blöderweise fing ich an, auch noch zu rennen.
Und was ich sonst an Demontage verbrochen,
das werden Sie aus eigner Praxis kennen.

Vor Zeiten war ich etwas sehniger
und hatte Aussicht, auch einmal zu glänzen.
Ach, Tennis! Scheiß drauf! Ein Grund weniger,
die Schreibmaschine tagelang zu schwänzen.

Alles o. k., Herr Doktor, wer vernünftig ist,
der weiß, man muß von Zeit zu Zeit was streichen.
Ich träum' heut nacht von dem, was künftig ist;
auf rotem Sand ein weißer Haufen Leichen.

Dörflicher Fußballplatz

Vor grünem Wald die weißen Rahmen,
gestört durch ein paar Werbeschilder.
Kein Tummelplatz gekannter Namen.
Kein Ebenbild der Fernsehbilder.

Das Klubhaus wär' zu renovieren.
Der Rasen ist schon abgetreten,
obwohl sie nebenan trainieren.
Im Fall, daß sie trainieren täten.

Traummenschen rufen mich im Chore.
Ich seh', wie ich zum Anstoß trabe.
Denn heute schieß' ich alle Tore,
die ich noch nie geschossen habe.

Lebenszeit

Paradoxes Paar

Das macht sie ungemein vertraut,
daß sie nicht zu vertraut sind.
Sie haben etwas aufgebaut,
seit Träume abgebaut sind.

Sie sind sich eigentlich sehr nah,
wenn sie sich nicht zu nah sind.
Sie sind ganz füreinander da,
weil sie nicht dauernd da sind.

Sie sind zwei Menschen und ein Wir,
weil sie nicht chronisch wir sind.
Denn sie ist hier und er ist hier,
wenn sie nicht immer hier sind.

Du hast einst in Bildern gesprochen

Du hast einst in Bildern gesprochen,
als du von Liebe mir schriebst.
Da hat nichts nach Talmi gerochen,
als du beschriebst, wie du liebst.

Da klangen die Phrasen wie Streicher.
Da schimmerte Text wie Pastell.
Da machte zu lesen noch reicher.
Da war Poesie noch reell.

Ich würde dir gerne beteuern –
während das Faxpapier quillt –,
auch heut, zwischen Gagen und Steuern,
stimmt jedes einzelne Bild.

Ich habe davon gesprochen

Ich glaub', ich hab' sie verspürt.
Sonst wär' zuviel unerklärlich.
Ich glaub', ich hab' sie berührt.
Schien sie mir doch unentbehrlich.

Ich weiß, ich hab' sie genannt.
Mutig, weil ich doch schon Mann war.
Ich weiß, ich hab' mich verrannt,
als das Verrennen noch dran war.

Ich denk', ich hab' mich blamiert.
Wie sagt man? Bis auf die Knochen.
Ich denk', ich hab' es riskiert.
Ich hab' von Liebe gesprochen.

»In Liebe Deine . . .«

»In Liebe Deine . . .« Wer war sie?
Ein Gegendruck auf einem dieser Bälle?
Ein Kräuselhaar an einer schönen Stelle?
Die weiche Haut über dem braunen Knie?

»In Liebe Deine . . .« Null Idee.
Das Staunen über gelbe, alte Briefe
voll simulierter, parfümierter Tiefe.
Und Fleckenrändern auf dem Kanapee.

»In Liebe Deine . . .« Poesie
der dummen Worte aus konfusen Tagen,
mit den zum Sieg gelognen Niederlagen.
Kein Bild mehr möglich. Also war sie nie.

Verspätete Verführung

Ich habe deinen Blick ganz gut gedeutet.
Das Rätsel war auch wirklich nicht sehr schwer.
Wir hätten uns ganz mühelos erbeutet
und gäben uns problemlos wieder her.

Was dich so anheizt, Mädchen, ist die Neugier.
Du kennst mich nicht. Das ist der Unterschied.
Der Kellner ist ganz offensichtlich neu hier.
Grotesk, wie dieser Kerl mich übersieht.

Nein, widersprich nicht mit so viel Emphase.
Das mit dem Alter wär' dir ganz egal.
Ich sitz' seit Stunden hier vor leerem Glase.
Es ist seit eh und je ein Scheißlokal.

In diesem Zimmer

In diesem Zimmer haben zwei gestritten.
Ich werd's nicht los.
Ich hörte Schreien, Schlagen, Fluchen, Bitten.
Wie gibt's das bloß?

Aus diesem Zimmer kamen Dunkelheiten,
wo ich nichts seh'.
Das war mir fremd. Das war viel mehr als Streiten
und tat so weh.

Was in dem Zimmer war, ist nie zu klären.
Ich fürcht' mich immer.
Ich lausch' bei Nacht, um Schlimmstes abzuwehren
nach diesem Zimmer.

Das Kind

1.

Für Es besteht die Zeit
aus Milch und deren Quell.
Das Herz schlägt viel zu schnell.
Die träge Welt ist weit.

Es tastet sich an Land.
Es riecht den stolzen Blick.
Ein wehrloses Genick
fällt in die nächste Wand.

Wer weiß, warum Es plärrt.
Erfahren ist Verlust.
Zunächst wird eins bewußt:
der Rückzug ist versperrt.

2.

In einem Bündel Wicht
steckt schon der erste Hohn.
Ein Prinz besteigt den Thron,
Audienzen im Gesicht.

Sein Aug' ist klug und will.
Die Kraft ist ungewürgt.
Das Maßlose verbürgt
nach Absturz das Gebrüll.

Dann sieht er ohne Zorn
die letzte Falle an.
Ein unsichtbarer Mann
beginnt in ihm von vorn.

3.

Ich wünsche, daß mein Sohn erfährt,
daß grüne Gräser schneiden können,
daß hoch im Baum kein Mensch erklärt,
wie wir den Absturz meiden können.

Ich wünsche, daß er Äpfel stiehlt,
bevor wir sie als Nachtisch nehmen,
ich will, daß er auf Amseln zielt,
um sich nach Treffern selbst zu schämen.

Ich wünsche, seine kleinen Tritte
im Sand, im Schlamm, im Schnee zu sehen.
Wie lächerlich klingt meine Bitte,
nicht durch das große Beet zu gehen.

4.

Über die Wiese stolpert
ein Seemann, ein Galan.
Dort, wo der Rasen holpert,
stürzt ratlos ein Tyrann.

Ein Cowboy sieht die Sonne,
ein Sänger kostet Mist.
In eine Regentonne
fällt schließlich ein Artist.

Die vielen Möglichkeiten
des Menschen sind ein Kind.
Anstatt die auszuweiten
wird etwas, was wir sind.

5.

Wenn er »lieb« meint,
sagt er: lieb.
Wenn er »Haus« meint,
sagt er: Haus.
Wenn er »weh« meint,
sagt er: weh.
Wenn er »aus« meint,
sagt er: aus.
Wenn er »müd« meint,
sagt er: müd.
Wenn er »ja« meint,
sagt er: ja.
Wenn er nichts meint,
sagt er nichts,
und wir andern
stehen da.

6.

Es ist kein Es mehr. Er ist längst ein Er.
Nur manchmal schreit er sich ins Es nach Haus'.
Wann war die Eszeit? Das ist lange her.
Das Es wird groß, und plötzlich ist es aus.

Er ist jetzt drei. Er ist schon längst ein Mann.
Nur manchmal schreit er sich ins Null nach Haus'.
Sonst spielt er fünf und fünfzig dann und wann.
Und wenn er drei ist, lacht er alle aus.

Es schläft ein Kind. Es ist ein Menschenschlaf.
Nur manchmal schläft er, wo die Wunder sind.
Meist ruht er nur, und alle sagen »brav«,
wenn wie bei uns die Existenz beginnt.

7.

Ich box' mit meinem Sohn. Korrekt.
Als ob ich Gegner wäre.
Nur, was er zu gefährlich schlägt,
schlägt er bei mir ins Leere.

Das bringt ihn in geballte Wut.
Er will mit Schlägen siegen.
Ich weiche aus. Ich deck' mich gut.
Bis wir zu essen kriegen.

Ich glaub', so wird ein Trieb gestillt.
Ich glaub', daß er so friedlich wird.
Wenn er mich eines Tages killt,
dann hab ich mich geirrt.

8.

Er und die Freunde, sie sind teuflisch laut.
Sie brüllen, daß es wirklich jeder hört.
Ihr Trommelfell ist eine gute Haut.
Und ihren Nerven schmeckt, was unsre stört.

Ihr Toben macht ihr Spiel zu mehr als Spiel.
Sie fletschen ihrer Zukunft den Salut.
Sie haben Kraft und zeigen uns wieviel.
Man könnte meinen, das wird einmal Mut.

Doch unser Beispiel reicht für den Ruin.
Erst müdes Schweigen, bis die Wut sich staut.
Dann wird die Traurigkeit hinausgeschrien.
Dann einen Schluck und kusch. Die Welt bleibt laut.

9.

Jetzt hat er einen Stundenplan.
Das, was die Menschen lehren,
bedeutet meist: man lernt ihn an.
Wie sehr kann er sich wehren?

Wenn er sich täglich so verhält
wie zu dem Vater stündlich,
dann lehnt er ab, was ihm mißfällt.
Ja, dann mißtraut er gründlich.

Ich bin jetzt nicht mehr ganz so groß
im freien Spiel der Kräfte.
Und krieg' die Traurigkeit nicht los
im Drang der Schreibgeschäfte.

Im Herbst ist immer Schulbeginn.
Wer hat denn das erfunden?
Der Sommer und der Sohn dahin.
Was bleibt: geplante Stunden.

10.

Die Katze spuckte und die Katze stöhnte.
War sie vergiftet oder schon zu alt?
Ganz sinnlos war's, daß er sie noch verwöhnte.
Ich sagte, glaub es mir, die stirbt dir bald.

Er sah mich an, als hätt' ich was gestohlen.
Als wär' auch ich ein Mörder von dem Tier.
Er bat, den Tierarzt herzuholen.
Der ordinierte aber nur bis vier.

Dann war's vorbei mit irgendeiner Katze.
Er riß sie hoch. Doch da war nichts mehr los.
Er sah des Todes liebste, kleinste Fratze,
doch war ihm auch schon dieser Tod zu groß.

Als wir begruben, hörte ich ihn denken,
was mir von jetzt an manchen Traum verdirbt.
Wie kann man Kindern irgend etwas schenken,
das – ohne Rücksicht – vor den Kindern stirbt.

Zwanzig Jahre später

Mein Sohn, ich weiß, es ist beschissen schwierig,
wenn man nicht weiß, was aus dem Leben wird.
Wenn man nur weiß, man ist so maßlos gierig,
nur leider nicht, wonach man denn so giert.

Mein Sohn, ich weiß, das sind verwirrte Zeiten,
wenn man nicht weiß, woher der Nachtwind weht.
Wenn man nur weiß, die großen Trunkenheiten
schütten nicht zu, was man noch nicht versteht.

Mein Sohn, ich weiß, daß ich dir eine Last bin,
denn ich seh' aus, als wüßte ich Bescheid.
Ich schwör's, daß ich auch nur ein »trüber Gast« bin
auf dieser Erde. Und ich tu' mir leid.

Wiener Erbfolge

Du sitzt jetzt auf demselben Fleck,
im Raum, wo das Buffet ist,
die Schank ganz in der Näh' ist,
beim Heurigen, am Tisch im Eck.

Du saufst wie ich die Vierteln weg.
Es heißt ja: Wer nicht fühlen
will, der muß eben spülen.
Beim Heurigen, am Tisch im Eck.

Du brauchst – wie ich – oft ein Versteck,
um Leb'n zu überleben.
Da läßt sich schon was heben,
beim Heurigen, am Tisch im Eck.

Du fragst auch nach dem Lebenszweck
den Lieben Gott beim Brunzen.
Und liebst wie ich die Blunzen,
beim Heurigen, am Tisch im Eck.

Spielzeit

Cabaret

Kommen Sie ins Cabaret!
In das Haus des Lach-Protestes.
Wer bezahlt und trinkt, verläßt es
machtloser denn je.

Großes Worte-Varieté.
»Affen, Ärsche, Attraktionen!«
Und die Stars, die keinen schonen,
tragen selbst Livree.

Bude oder Stadtpalais.
Herr! ich hab' mich ausersehen.
Denn kein Wille soll geschehen,
den ich um uns seh'.

Der Geschenkkoffer

Ich hab' einen Koffer, der ist ziemlich schwer
(was schlecht ist für meine Gelenke).
Der ist, wenn er leer ist, beileibe nicht leer,
denn ich trag' ja so viele Geschenke.

So schenk' ich zum Beispiel dem Papste in Rom
die Knochen verhungerter Inder,
ein von Nonnen mit Liebe gestricktes Kondom
und die Lebenslust strichender Kinder.

So schenk' ich zum Beispiel dem Herrn General
das Heulen verwitweter Weiber,
ein Bad für die Blutwäsche, eines aus Stahl
und die Löcher zerschossener Leiber.

So schenk' ich den Herren vom Waffenexport
einen Vorschlag für mögliche Fronten.
Und ein nicht nachzuweisendes Doping dem Sport
und den Dealern selbstwaschende Konten.

Ich habe im Leben schon so viel verschenkt,
nicht nur mein geschliffenes Denken.
Denn wenn man sein Publikum pausenlos kränkt,
dann muß man ihm auch etwas schenken.

Des Spötters Reim

Des Spötters Reim
begnügt sich, sich zu reimen.
Von großen Tiefen
ist da nicht viel da.
Der Dichter Schleim
soll andre Opfer leimen.
Anstatt zu triefen
sagt er »tralala«.

Des Spötters Ton
ist flüssig zu notieren.
Ganz lose spielt sich
Sprache mit dem Witz.
Des Spötters Lohn
ist, wenn sie plötzlich spüren,
die Hose füllt sich
auf dem warmen Sitz.

Gereimte Vorgänge

Im Parlament wird irgendwas beschlossen.
Und sicher ist, daß es die Zeitung bringt.
In Afrika und Asien wird geschossen.
Beim Heurigen wird hemmungslos genossen.
Während im Opernhaus die Diva singt.

Im Postamt stehen Menschen und verschicken.
Und auf dem Umschlag steht der Adressat.
Im Stadion sind die Kicker, und sie kicken.
Im Puff bezahlt man für ein wenig Ficken.
Im Restaurant beginnt man mit Salat.

Im Hirn rotieren letzte graue Zellen.
Die Stimmbänder sind hoffnungslos verschleimt.
Und wieder gilt es, Urteile zu fällen
und sich die Frage schonungslos zu stellen,
warum die Scheiße sich schon wieder reimt.

Wozu noch?

Wozu denn immer wieder aufbegehren,
wenn deine Stimme jetzt schon heiser ist?
Wozu das Sichbeschweren und Verwehren,
wenn dein Protestgeheul immer nur leiser ist?

Wozu denn immer wieder überschminken,
wenn jede Tünche über Falten reißt?
Wozu denn immer wieder sich betrinken,
wenn du die Rauschvisionen nicht zu halten weißt?

Wozu denn die Dakapos und Reprisen?
Ein irrer Dilettant träumt, daß er zählt.
In dieser Welt der Pointen und Sottisen
kenn' ich kein Wort mehr, das mir wirklich fehlt.

Satirikers Lamento

Der Tag ist nah, an dem man vom Text abweicht
und nicht wie bisher ganz präzise aufsagt.
Wo man nicht umschreibt, sondern lieber ganz streicht.
Und nicht den Frust verkaufend quasi »anklagt«.

Die Themen inspirieren mehr zum Schämen.
Die Scheiße dampft und ätzt und stinkt und steigt.
Man altert parallel zu den Problemen
und glaubt sich nichts mehr, außer wenn man schweigt.

Es wird zu blöd, mechanisch dreinzureden.
Das Aufbegehren wird zur großen Farce.
Das Hirn hat merkbar dauerhafte Schäden.
So dreht die Lichter ab! Und geht! Das war's.

Satirikers Elegie

Ich wollte doch im Kreis von Freunden enden
und nicht mit Leuten, die sich gerne sehn.
Ich wollte doch, daß wir Altäre schänden
und Hand in Hand dann vor dem Richter stehn.

Ich wollte, daß wir immer wieder »wir« sind
und uns die Feinde miteinander wähl'n.
Ich wollte, daß wir, wenn wir nicht »dafür« sind,
ganz automatisch zu den Gegnern zähl'n.

Ich wollte doch, daß unsre Krägen platzen.
Und zwar vor Wut. Und nicht auf Grund von Fett.
Sooo stehn wir da. Die Seelen haben Glatzen.
Und unser Widerstand geht brav zu Bett.

Ich wollte doch nie egoistisch werden.
Und bin's geworden. War's wohl immer schon.
Ich wollte doch nie zu solistisch werden.
Hab' ich gedacht. Doch das war Illusion.

Satirikers Testament

Fett und verfressen,
müd' und beschädigt,
möcht' ich den Jungen noch sagen:
Ja nicht vergessen,
die, die euch erledigt,
für ihr Versagen zu klagen.

Schon weichgesoffen,
voll von Geschichten,
möcht' ich die Jungen beschwören,
weiter zu hoffen,
nicht drauf zu verzichten,
was euch zerstört, zu zerstören.

Satt und im Wohlstand,
schief und verbogen,
tauge ich doch noch zum Zeugen.
Wen ich zu hohl fand?
Wen zu verlogen?
Fragt mich, ich werde nicht schweigen.

Zynisch und zweifelnd,
fast ausgewrungen,
weiß ich doch noch, was wir lernten.
Das Müdsein verteufelnd
wünsch' ich den Jungen,
daß sie zufriedener ernten.

Erntezeit

Vorsatz

Ihr naht Euch wieder, lallende Gestalten?
Ich bitte höflichst abzuhauen.
Doch, das gilt auch für alle Frauen.
Ich will noch nicht, was war, verwalten.

Die vielen Fäuste, die wir ballten.
Mensch, was sind das für Anekdoten!
Doch die erzählen nur Idioten.
Ich will noch nicht, was war, verwalten.

Die Nächte, als wir uns verknallten.
Womöglich die mit den Lampionen.
Ich brauch' euch nicht, Dekorationen!
Ich will noch nicht, was war, verwalten.

Viel wird sich wohl nicht mehr entfalten.
Vielleicht gibt's irgendwo versteckte,
noch nicht erledigte Projekte.
Ich will nur nicht, was war, verwalten.

Erntezeit

1.

Ich habe in den Jahren
das Meine eingefahren.
Gut so, wie's war.
Erntezeit.

Jetzt kann's schon ein Bordeaux sein.
Von mir aus Veuve Clicquot sein.
Ich zahle bar.
Erntezeit.

Es läuten Telefone.
Die Gagen sind nicht ohne.
Ich bin gebucht.
Erntezeit.

Ich wähl' aus und verwalt' mich,
gestalt' und unterhalt' mich
und denk': Verflucht!
Erntezeit.

2.

Debatten um die Wahrheit,
um Gültigkeit und Klarheit,
sind abgemäht.
Erntezeit.

Jetzt geht's mehr ums Verwöhnen.
Mit Düften und mit Tönen.
Wenn Nachtwind weht.
Erntezeit.

Sie soll'n mich widerlegen.
Sie haben meinen Segen.
Notfalls gelallt.
Erntezeit.

Schuld sind die blöden Gene.
Jetzt kommt die kleine Träne.
So ist es halt.
Erntezeit.

Es kommt die Zeit

Es kommt die Zeit, da man sich scheut zu planen,
denn die Termine stehn in grauem Feld.
Es ziehn bizarre, dunkle Karawanen
in eine andre, nicht datierte Welt.

Es kommt die Zeit, da sieht man die Bestände
mit einem Blick, der sich im Schauen trennt.
Auf einem Müllberg lagern all die Bände,
die man einst las und längst schon nicht mehr kennt.

Es kommt die Zeit, da sterben die Tenöre,
weil jeder schöne, hohe Ton gerinnt.
Und schlecht gestimmt verkünden Opernchöre,
daß ihre Noten nicht mehr lesbar sind.

Alternde Freunde

Wir werden wieder Tachles reden.
Ich freu' mich auf die Sauna-Zoten.
Wir nennen wieder mal fast jeden
den größten aller Vollidioten.

Wir werden diesen Zeitraum klären,
in dem wir uns nicht sahen. Brüllend.
Die Frauen werden sich beschweren,
denn so sind wir nicht abendfüllend.

Und immer voll noch von Gemeinheit.
Verliebt in Pleiten und Skandale.
Alles wie's war. Bis auf die Feinheit:
Das Ganze stinkt schon nach Finale.

Abschiede

1.

Und wenn man anfängt, Themen auszusparen
und über manches lieber nicht zu sprechen;
und wenn man aufhört, wütend aufzufahren,
nur um den Stunk jetzt nicht vom Zaun zu brechen;

Wenn man sich vornimmt: Bloß nicht daran rühren!
Der Krach, der folgt, der ist doch nur bescheuert,
weil Argumente nicht mehr irritieren
und sich kein Standpunkt je wieder erneuert;

Wenn es so ist, dann soll man »servus« sagen.
Das ist doch nichts für uns, Freund: Plauderein!
Ich habe keine Angst vor stillen Tagen.
Und schweigen kann ich meisterlich allein.

2.

Und wenn man anfängt, Rücksichten zu nehmen
und Lebenslügen einfach stehnzulassen;
und wenn man anfängt, seinen Zorn zu lähmen
und jede Konvention geschehn zu lassen;

Wenn man sich vornimmt: Bloß nicht daran kratzen!
Der Lack ist ab, wenn man nur einmal anstreift;
wenn man aus Angst, die Stimmung zu verpatzen,
den größten Trottel einfach nicht mehr angreift;

Wenn es so ist, dann soll man grußlos scheiden.
Ganz unbemerkt. Und ohne Traurigkeit.
Wir wollen doch nicht aneinander leiden.
Da war doch einmal eine gute Zeit.

Auf den toten Freund

Du fehlst mir, Freund. Ich stelle fest,
daß diese Welt total defekt ist,
weil du ganz ohne Grund verreckt bist.
Ich mag's nicht, wenn man mich verläßt.

Du fehlst mir, Freund. Wir waren zwei.
Wer soll – statt dir – mich überschätzen?
Da bist du niemals zu ersetzen.
Du warst so glaubwürdig dabei.

Du fehlst mir, Freund. Wenn sie beim Wein
mir immer noch die Welt erklären,
dann hör' ich ganz auf hinzuhören.
Und träum' von unsern Streiterein.

Nachruf

Ich kann dir, Vater, nicht mehr viel erzählen.
Nach dem Begräbnis wär's wohl auch zu spät.
Nur, falls ich hörbar bin bei armen Seelen:
Du aßest – und das wird mich immer quälen –
zu wenig Schnitzel dieser Qualität.

Du weißt, man schmaust nach diesem großen Trennen.
Und wenn mir jetzt das Fleisch im Mund zergeht,
dann möcht' ich, Vater, dir was davon gönnen.
Du hättest dir viel öfter gönnen können
ein Wiener Schnitzel dieser Qualität.

Ich habe, Vater, keine Angst zu lachen,
wenn mir das Heulen deutlich nähersteht.
Auch wenn wir uns posthum jetzt noch zerkrachen:
Du aßest – und da ist nie mehr was gutzumachen –
zu wenig Schnitzel dieser Qualität.

Geschmackloser Friedhof

Die Steine auf den Gräbern sind abscheulich.
So plump, so glatt, so schlecht proportioniert.
Gold macht die schlechten Schriften doppelt greulich.
Fast alles ist sehr häßlich, was hier ziert.

Ganz furchtbar sind die Blumen in den Beeten.
Und Kerzen sind bei Tag besonders dumm.
Die Trauermoden schrecken den Ästheten.
Und mies ist insgesamt das Publikum.

Ich latsche freudlos hinter einer Leiche.
Und mich beschleicht ein schreckliches Gefühl.
Geschmack und keiner, das ist hier das gleiche.
Der Tod ist an und für sich schlechter Stil.

Böses Testament

Die allerärgste Teufelei,
die ist mein Testament.
Gott, wird das eine Heulerei,
bevor man mich verbrennt!

Denn ich hab' voll der Perfidie
mir für ein gutes Geld
vier Herren der Philharmonie
zu meinem Sarg bestellt.

Die »Sphärenklänge« spiel'n die dann.
Von Josef Strauß. Die sind
das Schönste, was man geigen kann,
damit die Träne rinnt.

Das wird ein Schneuzen wie noch nie,
ein fulminanter Schluß.
Nur gut, daß ich die Melodie
selbst nicht mehr hören muß.

Was ich weiß

Ich weiß, ich bin ein blöder Hund,
weil ich, wenn einer mich verneint
und ganz zu widerlegen meint,
mich ärg're und nicht sag': Na und?

Ich weiß, ich bin ein alter Clown,
der Worte sagt und Lieder kräht,
obwohl er nichts so gut versteht
als andren Narren zuzuschaun.

Ich weiß, am Ende geht es schief.
Wer reif wird, wird bald überreif.
Dann ist er bald auch nicht mehr live.
Nur Video. Im Filmarchiv.

Grundfragen

Woher wir kommen und wohin wir gehen?
So wird die Frage gerne formuliert.
Ich will die Sache eher simpel sehen
und philosophisch nicht zu strapaziert.

Woher ich komme? Aus verbiß'nen Akten.
Verzweifelt und verkrampft ejakuliert.
Aus der Umarmung von zwei armen Nackten,
nicht ahnend, daß ein Gaukler daraus wird.

Wohin ich gehe? In den großen Anlaß
der lieben, schwarzen Heurigenpartie
an Tischen, wo ich selber öfter dransaß.
Und um die Freunde soff. Bis morgen früh.